雅流慕

五行歌集

市井社

五行歌集

目次

第一章　地吹雪を

降りしきる雪に
物語一つ
隠して
髪を濡らして
歩き続ける

老木が挽かれていく
ウオオーン　ウオオーンと
喘ぐように
雪
吹き荒れる

雪に
屈した
女の貌だが
つきぬけた
明るさがある

寒月の下
実りの予祝の
法螺貝
ぼぼうぼぼうと
凍河を渡る

一歩一歩
大地をつかみながら
きしきしと
雪を泣かせて
如月の道

雪折れの侘助
咲かせてやった
と　のたまふ
男の
独り住まい

雪
深くなるごとに
恋を捜すほどの
血流の
勢い

地の怒りが
湧き出たような
地吹雪だ
なだめるのは
この熱い想いしかない

空の雪も
底をついたか
泥寒（どろかん）と呼ぶ
大寒に
肌も緩む

真夜中
足早に通り過ぎたのは
風だったのか
一本の道が
できている

挑みかかって
降る雪も
それならばと
迎えいれれば
もう愛おしい

神をも畏れぬ
降り様だが
この熱い胸に
抱かれてごらん
ひとたまりも無いだろう

キーンと
凍った朝の
ダイヤモンドダスト
煌めきの彼方に
雪女すっくと立つ

この想い
天に届け
一本のハーケンを
雪に洗われた
真っ青な空へ

春
萌えたつ前の
静寂
祈りの雪
原野にひれ伏す

ドードー
ドドドドドー
雪解け水は
ドの音だけで
奔る奔る

真夜中の
無言の囁きは
恐ろしい
柩の中まで
雪が降る

第二章　やがしめぁ

背中を丸めた
凍った訛りも
湯気にとける
終列車の
立ち喰いそば

夜の静寂を
一両きりの終列車
一日を
満載にして
ひた走る

焼き茄子の
香ばしさは
甲羅のような
素手でむく
老姑の早わざ

沸き出る汗を
じりじりと灼がして
工事現場は
男達の
ブロンズの舞い

帳簿の
火の粉を
ため息で消す
小さな商いの
決算期

さりげない
旅立ちだった
私という
小さな駅を
背にした息子

「チリチリど
焼げるようで
寒び疣たづ」
寒中の
老姑の味噌出し

（寒び疣＝鳥肌）

右に夫
左に姑
居前を正して
夕餉の食卓
今日も暮れる

夫の話を姑に
姑の話を夫に
通訳
序々にテンションが
上がってくる

憑かれたように
吹雪の窓に
立ちつくす
こんもり小さい
姑の背中

老姑（はは）の
車椅子デビュー
照れくさげに
何度も振りむいては
私を見上げる

おっかねもの　（コワイモノ）
なんもね　（ナニモナイ）
八十八歳
媼の
際立った静脈

姑が死んだ
野武士は
矢折れ
刀尽き
くっと逝った

一年の計は
四月一日（いっぴ）にあり
だらけきった
肢体に
活をいれる

「寿貧乏だー」
今日も
結婚式の
お座敷がかかる
嫁（い）かずの娘

姑の鏡台が
廊下の片隅
ひっそり
どっしり
居座っている

あー疲れた
疲れた
夫・娘・私
三者三様
車の長旅

穏やかすぎた
父との
突風に
さらわれたような
別離

胎内に
還っていくような
生家の
吊り蚊帳の
ふしぎな寝心地

茶箱にしまいこんだ
古着の
すえた匂いは
祖母の懐に
もぐりこむような

鍵のかかった
生家の入り口
一人こっそり
子供に還って
哭いている

障子を開けると
ほっこり
母が
満ち満ちている
実家(さと)の居間

六十路の手習い
三人官女
聞こしめして
初稽古の
鼓を打つ

そうか
咽喉をならして
コロコロ笑う
赤子が
大人をあやしているんだ

ドッグランに狸
裏庭には熊
家には犬猫
あっそう
人間がいた

息子夫婦との
別居が目前の
友の鼻歌
嫁も鼻歌
孫まで鼻歌

表と裏
ひっぺがされて
剝き出しの軀一つ
保険会社の
命の値踏み

煮こぼす事五回
香味野菜で
コトコト三時間
味噌を放り込んで
熊汁完成

鮎の腹を裂くと
どろり
臓物と
西瓜の香りが
鼻をくすぐる

やがて翔びたつ
小さな翼の
芽が出そう
赤んぼの
プニプニの背中

吾が子に
乳を含ませる
大一番を
決めた
女の貌

「散骨は海がいいな」
「ホホー泳ゲモシネデ
オボレデ
マダ死ヌ気ダガ」と
夫

ボランティア先の
南三陸町で
息子は
五行歌とご対面
「感動した!!」

「思い出し笑いする嫁は
ぼだされるど」（おいだされるよ）
それでも台所で
一人含み笑いの
嫁なのだ

静脈のうく手で
陽ざしさえぎる
媼の
眉間の皺の
鎮もり

とろとろと眠り
とろとろと生きる
98才の媼
介護士の呼びかけに
『やがしめぁ』（うるさい）

第三章　翔ぶ

振りむけば
裡なる
獣に
咬まれたような
出逢いであった

この腕（かいな）が
もしもしなやかな
弓であったなら
火焔の矢で
君を射抜いてみせる

寒月を焦がす
篝火に
炙られる
男の裸に
見惚れる

ぎゅぎゅっと
寄せてあげて
補正下着の中の
ひしゃげた
乳房

ふた瘤駱駝を
うらやむまい
命の水は
たった一つの
胸から迸る

官能が
わが身の虚ろを
埋め尽くした
室生寺
十一面観音立像

君の胸に
消えることない
傷痕をつけるため
今日も
爪を研ぐ

男を
見切った
女の清しさ
力尽きて
なお美しい

着地なんぞ
あとさき
考えず
先しか見てない
翔ぶ女

思いっきり
恥を曝して
生きてみよう
裸の
貴婦人のように

大和撫子
おちょこ片手に
あぐらをかいても
ひとすじの
気品

千の色に
囲まれて
荘厳な黒珠
凛と佇つ
美しい老女(ひと)

女学生は
パーマをかけて
入れ歯をなおし
点滴をうけて
五十年ぶりの同窓会へ

とりどりの
心模様
しまいこんで
女達は
不揃いの発光体

女子高の
放課後は
膝っ小僧ざわめいて
混沌を
け散らす

神経が
剝き出しの顔だ
覗きこめば
まばたきの奥に
熱い焔

炊き出しの飯を握る
瓦礫の中で
肥の国の女
黙々と
思い込めて握る

熟女ですもの
と　くくる
女達の
エネルギー
かなわない

とりどりのマフラー
道路いっぱい
なびかせて
女子高生の
奔流だ

躾けられなかった
娘が
青いマニキュアで
かぼちゃの
スープ作り

古い簞笥を
そうっと引くと
昔の恋が
ふわり
立ち上る

第四章　虹の素足

空の青
水の青
スニーカーの青
北の春は
青からはじまる

芽吹きの季（とき）だ
豪気なまでの
春風に
凍えた蕊（しべ）が
融け始める

凍った殻を
砕く
歓喜の季だ
風の甘さに
身震いする

新しい星を
見つけた気分だ
あんな所に
ちっちゃな
青空

原っぱを
ひと跨ぎして
虹の
のびやかな
素足

佇ってるだけで
こぼれるような
歓びを
感じたことありますか
春の陽溜まり

足音を聴いてから
双手で
春を抱くまでの
待ち遠しい
刻

季がきたら
天の蒼を
しまいこむのか
瞳が染まるほどの
天を見上げる

恥ずかしげに
顔をだした
青空だ
ほんのり
紅みをふくんで

裸馬に
跨がって
北の春は
鎧をぬいで
原野を駆ける

厳寒を脱ぎ捨て
春神楽
のびやかに舞う
全てを迎える
包容の舞いだ

雨が降っても
風が吹いても
宙を
希望が翔びかうのが
春

さぁ厚物を
脱がなくては
黒々とした
原野の温もりが
顔を出した

冒険者達の
旗上げのようだ
スコップ担いで
墓守り達の
春彼岸の雪消し

辛夷の花を
咲かせる風だ
この軀
吹き抜けたら
咲いてみせよう

黄砂を運んだ
風
少女の素足を
はいあがって
春色のみだら

凍てつく冬を
越えて
羽化したことばが
春の陽に
咲き乱れる

山里は
まさに
花の乱
自分も一緒に
乱れ乱れて

思わせぶりな
風に
翻弄される
春の
愉悦

春一番の
バッケを
穫った夫は
舞い上がって
かっぱまでとった

（ふきのとう）
（川に落ちること）

桜が
ほころんでも
朝は
冬布団で
ぐずついている

庭先に
迷い込んだ
かもしか
荘厳という
装束纏う

躯の奥の奥
ムウッと
突きあげるのは
わたくしの
春の息吹きだ

水田(みずた)に
空が映ったら
豊穣めざして
心も躯も
迷いの無い歩みだ

高なりが
引き潮のように
遠ざかる
蕊の敷かれた
葉桜の道

第五章　赤とんぼ

なんの
てらいもない
素のまんまが
歩く
田舎道

暗い夜は
淋しいか
水銀灯に
群がる
虫達

年に一度
無人駅が
人・人・人
鄙の祭りの
山車作り

北の廃駅は
風と語り
来るはずのない
汽車を待つ
サルビアの火群

踊りながら
灼かれながら
爆じけながら
神に挑む
渾身の夏祭り

祭りのざわめきを
一掃(ひとさらい)
秋風が
神輿かつぎの
太股にしみる

向日葵の
打ち上げ花火が
終わったら
空は一気に
夏を脱ぐ

出番を待つ
ラッセル車は
秋の陽と
赤とんぼの群れが
乗客だ

雪降る前の
華やぎ
霜月神楽舞う
巫女の
闇に飛沫(ち)る汗

神様お留守の
境内を
袴をはしょって
のびやかに
巫女が走る

霙に変わった
空を
背負ったかのよう
行き交う人は
みな前のめり

紅葉(あか)く燃える
里山の川べりは
今日も血の匂い
捕獲した
熊の解体だ

死んでもいない
骨
カラカラ転がし
霜月の風
ぶゅうぶゅう

無数に
散りばめられた
祭りの蠟燭(ひ)は
雪を崇める
民の祈りだ

くるぶしの
真っ白なくぼみと
かかとの緋が
乱舞する
夜更けの霜月神楽

鄙の秋は
豊穣でも
箍（たが）をはずさない
やがての冬が
頭を占領（しめ）ている

煮えたぎる
ワイキキビーチは
胴っ腹のような
二の腕のオバサマが
闊歩している

第六章　心

潰れてしまうほどの
心の重さを
持ってみたい
生きてることすら
忘れるような

剝き出しの
心で生きる
私だから
なにもかも
素

心揺さぶり
山が哭く
なだめても
なだめても
空　荒れる

眠れぬ夜の
ひそやかな
闇の鼓動は
消え去った過去達の
息遣いか

遮断機が
降りるような
拒絶に
心が折れて
うずくまる

庭の陽ざしは
夢のまた夢
薄暗い
白州に置かれた
拷問道具

心削いで
削いで
削がれて
ひと握りの
遺されたもの

生きているうち
幾度
〝初めて〟を味わえるか
そのたびに
新鮮な驚きがある

温めてきた想い
一つ毀れ
二つ毀れ
なお孵せない
卵を抱く

自分をみつめる
確固たる
自分がいれば
みずみずしく
生きられる

私が私を
身籠るようだ
胎内のような
富士の靄(もや)に
分けいる

友とは喧嘩せず
という定説を
叩き壊した
自分を
見直している

楽器を奏でるように
鉋挽く
老大工の
木肌も肩も
顔も光る

小さな絶望で
哭くことはないさ
かかえこんだ
希望の大きさを
思うがいい

雨上がりの
光の中を
天地(あめつち)の神々が
笑いながら
駆けてゆく

男社会で
肩並べるときは
凛として
限りなく
たおやかに

もう
下心のない
御親切と
理解(わか)ってしまう
もの悲しさ

滅多に逢わない
人ほど
親友になれる
へだたりが
思いを濃くする

優しい
えしゃくで
すれ違う
月明かりの
一本道

戦友会で
泥酔した伯父は
つんのめって病院直行
「ココハ
野戦病院ダンシガ？」

ときめきを失くした
男友達は
夜毎
猟銃をかまえて
牝熊を待つ

尋ね人を
捜すように
一晩中
窓をたたき続ける
風

蓋を開けると
昔々を語り出す
クッキー缶に
ごっそり詰めこんだ
古い写真

傘で
つついて歩く
水たまり
タイムトンネルは
まだ見つからない

やさしくなろう
どうしたら
やさしくなれる?
歩き続けて
片ちんばの靴底

どうするつもりだ
私の中で
拗ねた獣のように
息をひそめて
窺っているものがいる

従順を
装うと
全身
嘔吐の塊
となる

追いつめられて
振りむくと
私が…
立ちはだかるのも
私だ

忘れ去るという
時の解決は
過去達が
刻々と
甦ることだ

ぽってり丸い
心の持ち主だ
そんなに怒っていても
瞳が
やわらかい

頭（てっぺん）が
白くなったり
薄くなったり
洟っ垂れ小僧達の
還暦祝い

自分だけの
宇宙に
こもった友は
清水に棲みつく
魚になった

心が
広がりも
奥行きもなくなったか
人を
傷つけてばかりいる

悔しさは
キリッと噛んで
笑ってしまう
ほんとうの顔は
見せない

蕎麦打ち職人は
冷血でなければいけない
繊細な蕎麦粉は
手の熱でさえ
火傷をするそうな

この地球という星で
生まれ死んでいった人は
どれ程いるだろう
九月一日また一つ
新しい命が生まれた

努力で
夢が叶うのなら
孵らぬ卵を
一心に
抱きはしない

年とともに
角(かど)がとれるなんて
嘘
かたくなに
かたくなになっていく

悲しいよ
隠しおおせた
つもりだろうけど
嘘は
必ず一人歩き

歳ごとに
ピンポイント
ずれこんで
あっちこっちで
地雷を踏む

百の
抱擁と
百の嘘で
築かれた
砂の城

人といて
さらなる孤独
枯れ野に
身を投げ出して
虫になる

瞼を透かして
揺れる緑に
洗われてゆく
猜疑心という
濁り

今日は
爪を切るのは
やめよう
胸の怒りに
深爪しそうだ

心臓に生えた毛も
年々
脱毛が激しい
なにかにつけて
ためらいがちだ

歌詠む人って
言葉がおしゃれね
と言われて
すっかり
その気になっている

ほんとうを
詠んでいるのかと
たずねられて
ほんとうってなにかを
しきりに考えている

魂の
真ん中だけを
見つめていけば
失意の深さも
明日の希望に

ちぎれちぎれの
心
雲の子の
手つなぎのように
ふくらんでいく瞬間(とき)

廃校記念の
ジャズライブ
歌に酔い酒に酔う
闇の中を
夜汽車が走り去る

ばらばらと
落ちた星が
野辺の水底を
埋めつくす
友の逝く夜

想いを
真っ向から
伝えようとすると
言葉は
剣になってしまう

鋏を入れずに
しまい込んだ
切符は
やがて旅立つ
その日のために

すべてなすがままに
宙(そら)を
裸足で翔けめぐる
気ままな風に
なりたいと思わないか

第七章　鳥海

白装束で
闇に沈んだ
孤高の鳥海山
神が宿ると
いう

鳥海は
今日も
地うねりあげて
雪山で死んだ
男達が叫ぶ

音符が
踊っているような
足跡だ
ただただ
新雪をこぐ

粉砂糖の
降る日は
いやだよ
綺麗すぎて
雪が憎めない

野辺の船出か
夢うつつ
除雪車の
汽笛が
鳴り響く

ほう
めずらしい
光が降ってくる
柔毛のような
粉雪を纏う

爺(じい)も婆(ばあ)も
まるで
祭りの賑わいだ
流雪溝の
雪捨て時刻

今日も蓑(みの)着て
爺さん雪掻き
雪の里は
日本昔話の
世界です

降りやまぬ雪
凍える風
あぁ
厳冬が私に
歌を孕ませる

真夜中
荒れ狂う
吹雪の哭く声が
火照りを鎮める
子守唄

凍河が
脈打って
軋み始めた
目覚めの季の
猛々しさだ

雪虫の翅
灰色の
ささやかな陽射しに
煌めいて
命燃やす

決して
甘やかさない雪を
恨みながらも
離れられない
情がある

吹きっさらしの
ホームで待てば
命カラガラ辿り着く
雪まみれの
ローカル列車

堰止められない
川のように
降る雪よ
それでも私は
ここに生きる

泣いているのは
軀の節々
笑っているのも
軀の節々
雪を愛でてやる

老いぼれた
魚のように
喘ぎながら
吹雪の道を
進む

北の女の
潤いは
大地をおおう
雪
あればこそ

突然の
吹雪が
ゆるやかな
人の流れを
急流にかえる

真っ白な空と
屋根の雪が
同化して
繭に
閉じこめられた街

この荒狂う
真っ白な
樹海奥こそ
雪女の
宴の館なのだ

雪に挑み続ける
男達の
湯豆腐を
すくう
箸捌き

今晩未明から
関東に雪…
という
天気予報に
思わずニンマリ

今朝から
ただ濡れの
雪降り
こう書くと
雪もけっこう汚い

克雪から遊雪へ
今年は
わさわさ
雪が降っても
遊ぶドー

跋

草壁焰太

二〇一三年二月、私はバンコクに滞在していた。この都市での五行歌普及を図りながら、約一か月を過ごすということを毎年試みていたのである。外国の都市でこういうことを長期にわたってしたのは、アメリカのニューヨークとこの都市とであった。

月刊『五行歌』の編集は、パソコンに同人会員の作品を送ってもらって、選をして、東京の事務所に送るという方法をとっていた。

東京から送られてきた同人の歌を見ながら、私は雷に打たれたように固まってしまった。

潰れてしまうほどの
心の重さを
持ってみたい
生きてることすら
忘れるような

雅流慕

こんなふうに、心をうたった詩歌は見たことがない。そのうえ、高度に納得できる歌である。心のこの感じを書いた散文も記憶にない。しかし、これは確かに心の真実の一つの極である。

私はいままでにない歌で、感動的なものを探し求めてきた。自作としてはもちろん、人に歌を書いてもらうのは、そういうものを創り出すためであった。

私は多くの歌に驚愕した。

しかし、そのなかでも、一番の衝撃だったといっても差支えない。その日、私はバンコク歌会の代表の大口堂遊さんと会ったが、この歌の話をした。こんな歌があり得るとは思っていなかったと。大口さんも同意した。

雅流慕さんは、何度か優れた歌で私を驚かした。忘れられない歌が何首かあり、それらをいくつか並べて評釈すれば、私が雅流慕さんの歌を称揚する役目は果たせると思っていたが、そのなかでもこの歌は別格のものと感じていた。

私は歌の世界にも、世界新記録というべきものがあると思っている。この歌は、そういうたぐいのもので、人類の心の表現のなかに、こういう心という一つのモニュメントのように存在し続けるものである。いわば、心の表現の数々の中のエアーズロックである。

また、五行歌という様式が書くことを促した精神性を代表するものでもある。五行歌という様式によって、ここまで真実であろうとする心の欲求であると。

私は、彼女から五行歌集の編成を依頼されて、この歌を中心に歌集を創ると思い決め、歌集のタイトルは「心」しかないとも思い決めた。重いタイトルである。小説には夏目漱石の『こころ』がある。

なかなか「心」というタイトルは使えない。しかし、この歌を書いた雅流慕さんにだけは許されていいだろう。いや、こういう心の極限を書いたこの歌集にのみ許されるであろう、そう思って歌集のタイトルは『心』としたいと彼女に伝えた。

この私の思い込みに押され、彼女も同意してくれた。いや、こういうタイトルの決め方は本人にはできないかもしれない。私に任されたからできたことであり、私はあの衝撃を記念碑とできるような思いで嬉しかった。

雅流慕さんといえば、まずは雪国の歌と思う。それくらい雪の重さとそれと戦う人の心の強さが、彼女の歌のテーマとなっている。つくづく屈することのない歌を書く人である。私はこの歌は、長いその戦いとつながっていると思う。

この重さは、彼女らの耐えた屋根の重さと通じているのであろう。ぎしぎしと襲いかかる雪の重さ、それに耐え、跳ね返そうとする心がここにはある。その重みそのものを持つ力を自分に与えようとしたのかもしれない。

心にのしかかる雪の重さを心と同化させようとしたのだと、解説はできる。たぶんそうだろう。しかし、それは誰にもできるわけではない。彼女の心の強さの表現である。

心揺さぶり　　　　老木が挽かれていく
山が哭く　　　　ウオオーン　ウオオーンと
なだめても　　　　喘ぐように

なだめても
空　荒れる

ドードー
ドドドドドー
雪解け水は
ドの音だけで
奔る奔る

雪
吹き荒れる

真夜中の
無言の囁きは
恐ろしい
柩の中まで
雪が降る

雪は多くの極限を持つ。彼女はそのすべての貌を書いた。恐ろしさも、静かさも、重さも、荒々しさも。

一年のなかばをその雪との戦いに明け暮れる生活も。折れ、潰され、屈することもある。だが、そこから立ち上がる心がこの歌集のメーンテーマである。

雪
深くなるごとに
恋を捜すほどの
血流の
勢い

雪に
屈した
女の貌だが
つきぬけた
明るさがある

地の怒りが
湧き出たような
地吹雪だ
なだめるのは
この熱い想いしかない

挑みかかって
降る雪も
それならばと
迎えいれれば
もう愛おしい

なるほどと、雪女の心を理解したような気分になる。雪が心の強さを形作り、その重さ深さ白さが、女としての情熱にもなる。この歌集には、雪国に生きる女も描かれている。それらは雪国の女の賛美のようにも思われる。

姑が死んだ　とろとろと眠り
野武士は　とろとろと生きる
矢折れ　98才の嫗
刀尽き　介護士の呼びかけに
くっと逝った　『やがしめぁ』（うるさい）

双方とも、いままでの短歌、俳句にはなかったテーマ、あるいは詩で、なくてはならないような人間の存在感である。いままでの詩歌に対して、これがなくてもよかったのかと私は問いたい。冒頭の心の重みについてももちろんである。

雅流慕さんの世界は、これだけではない。春、夏、秋にある優しさと温かさ、軽さは、また見たこともないようなものだ。雪の重さ、深さ、静けさがないとこんなに優しくなるのだ。
これらの歌のほかに、どうしても引用したいもう一つの歌がある。雅流慕さんの歌の中で私がいちばん好きな歌はこれかもしれない。

努力で
夢が叶うのなら
孵らぬ卵を
一心に
抱きはしない

夢を完全に実現した人は、おそらくいないであろう。しかし、それでも努力はしつづける。この深い悲しみは、おそらくすべての人にあるものであろう。私は自分のいちばん深い悲しみのようにこの歌を味わう。

あとがき

なんと、今私は、歌集出版という一大事業（私にとりまして）にとりかかっているのである。いつかもしかしてと思っていたものが、急に現実となって、この手のひらに落ちてきた。草壁焔太先生が、背中を押して下さったのである。

思い起こすと、一九九七年、秋田に五行歌が上陸以来、歌会、『五行歌』誌投稿で、二十年間歌を書き続けてきた。五行歌を知ってから、自分にもう一つの目ができたことが第一の驚きであった。自分の暮らし、家族、景色、そして何よりも自分自身をみつめる目である。この目が、二十年間、歌を書き続けさせてくれた。そして、月一の歌会、東北、全国大会参加が、私の歌に対する姿勢を確立させた。

また、五行歌を知ったことで、日本中に知己を得たことも何よりの喜びである。この陸の孤島といわれる湯沢にいて、東北はもとより、北海道、関東、関西、四国、九州の歌友達に恵まれたことが、私の人生を豊かなものとしてくれたのである。

今、歌集を出すにあたり、未熟な私に「心」という凄すぎる、私には身にありあまるタイトルをくださり、ご指導下さった、草壁先生、市井社の皆様、私に関わってくださっている皆様、すべての方々に心からの感謝を捧げたいと思います。

そしてこれからも、私に五行歌を詠ませてくれる道標となる、あらゆるものへ感謝を捧げます。ありがとうございました。

雅流慕

雅流慕（がるぼ）
1949 年 秋田県横手市増田町生まれ
1974 年 結婚
1975 年 長男誕生
1977 年 長女誕生
1990 年「喫茶去 花茶香」開業
1997 年 五行歌の会入会
2008 年 雪葩（ゆきはな）五行歌会立ち上げ

五行歌集（ごぎょうかしゅう）　心（こころ）

2019 年（令和元年）9 月 28 日　初版 第 1 刷発行

著　者　　雅流慕
発行人　　三好清明
発行所　　株式会社 市井社
〒 162-0843
東京都新宿区市谷田町 3-19 川辺ビル 1F
電話　03-3267-7601
http://5gyohka.com/shiseisha/

印刷所　　創栄図書印刷 株式会社
題　字　　草壁焔太
装　丁　　しづく

ISBN 978-4-88208-165-4 C0092

五行歌五則

一、五行歌は、和歌と古代歌謡に基いて新たに創られた新形式の短詩である。

一、作品は五行からなる。例外として、四行、六行のものも稀に認める。

一、一行は一句を意味する。改行は言葉の区切り、または息の区切りで行う。

一、字数に制約は設けないが、作品に詩歌らしい感じをもたせること。

一、内容などには制約をもうけない。

五行歌とは

五行歌とは、五行で書く歌のことです。万葉集以前の日本人は、自由に歌を書いていました。その古代歌謡にならって、現代の言葉で同じように自由に書いたのが、五行歌です。五行にする理由は、古代でも約半数が五句構成だったためです。

この新形式は、約六十年前に、五行歌の会の主宰、草壁焰太が発想したもので、一九九四年に約三十人で会はスタートしました。五行歌は現代人の各個人の独立した感性、思いを表すのにぴったりの形式であり、誰にも書け、誰にも独自の表現を完成できるものです。

このため、年々会員数は増え、全国に百数十の支部があり、愛好者は五十万人にのぼります。

五行歌の会　http://5gyohka.com/
〒162-0843　東京都新宿区市谷田町三―一九
川辺ビル一階
電話　〇三（三二六七）七六〇七
ファクス　〇三（三二六七）七六九七